KONZERT

mit Begleitung von
2 Violinen, Viola, Baß, Flöte, 2 Klarinetten,
2 Fagotte, 2 Hörner, 2 Trompeten und Pauken.

Komponiert 1785.

CC

avec
2 Violons, Alto, Basso, Flûte, 2 Clarinettes,
2 Bassons, 2 Cors, 2 Trompettes et Timbales.

Composé 1785.

W.A. Mozart.
(Köchel № 482.)

* Die Orchesterbearbeitung (Pianoforte II) dient beim Studium der Solostimme zum Nachlesen und zur Ergänzung.

* *The orchestral setting for a second piano will enable the pupil studying the solo part, to follow the orchestra and complete his part.*

* La réduction d'orchestre (Pianoforte II) sert de complément et pour la lecture pendant l'étude.

Hr.
A
II
B
Bl.
Viol. u. Bl.

II
Klar.
Fag.
C
f
Hr.
Viol. u. Bl.
p

* Die unvollständig ausgesetzten Stellen sind der Mozartschen Spielmanier entsprechend ergänzt.

* *The passages incompletely transcribed have been supplemented in keeping with Mozart's style of playing.*

* Les passages incomplètement transcrits ont été complétés correspondant au jeu de Mozart.

E
I
II
TUTTI
Hr.
Fag.
senza Ped.
Klar.
Viol.
Str.

F
I
II
cresc.
mf
p

I
II
G
Bl.
TUTTI
f
p
ff
mf

H
cresc.
p
I
Str.
H
Fag.
II
cresc.
Fl.
Klar.
f cresc.
diminuendo
Bl.

I
II
p dolce
I
Bl.
p
Str.
Bl.
Str.
Bl.
cresc.
Str.
f
Fl. u. Kl.

I
II
mf
cresc.
f
K
Str.

I
II
dimin.
dim.
Fl. u. Klar.
cresc.
p
Str.
ff
f

I
II
Bl.
Str.
L
TUTTI
Hr.

Viol.
p
Meno.
M
SOLO
Klar.
Fag.
Str.
a tempo
f
Bl.
TUTTI
f a tempo
p

I
II
Str.
Bl.
N
N
Str.
I
II
Bl.
Str.
I
II

I
II
O
Klar.
Fag.
dimin.
p
leggiero

tr
mf
I
II
p
Str.
P
P Bl.
cresc.

Q
I
II
TUTTI
tr
Hr. u. Fag.
f
p
SOLO
Klar. u. Viol.
R
p cantabile
Str.
cresc.

I
II
Fl.
Klar.
Viol.
Fag.
S
Hr.
Bl.
Bl.u. Str.

T
I
II
U
SOLO
p
cresc.
f
dim.
Str.
p Hr.

p dolce
I
II
mf
p
V
p
V
cresc.
mf
Str.
p dolce

I
II
cresc.
ff
W
p
Bl.
Str.
f

* Der Herausgeber empfiehlt hier diesen Sprung.
Zu diesem Konzert erschienen Kadenzen von J.N. Hummel, A. Winding und G. Schumann.

* *The editor recommends this skip here. J.N. Hummel, A. Winding and G. Schumann have written cadenzas to this concerto.*

* L'éditeur recommande ce saut en ce passage. J.N. Hummel, A. Winding et G. Schumann ont écrit des cadences pour ce concert.

NB. Die Notiz für die einzuschaltende Kadenz heißt im Autograph:
The note for the cadenza to be intercalated runs thus in the autograph:
La note suivante ayant rapport à la cadence à intercaler se trouve dans l'autographe:

Andante.
Str.
p
II
sfp
II
II
II
sf p
sf p
sfp
SOLO
dolce molto cantabile
I
II
sfp
A
I
A
II

I
II
cresc.
p
f
sf
sfp
B
Bl.

II
II
II
II
II
SOLO
mf
I
3
II

D
I
II
D
sf
cresc.
f
decresc.
sf p
p
cresc.
poco dimin.

E
I
II
cresc.
sf
dimin.
TUTTI
p
F
Fag.
Fl.

Fl.
II
Fag.
SOLO
dolce
G
TUTTI
I
Str.
Str.u.Bl.
H
Tutti

SOLO
I
II
Str.
Viol.
cresc.
decresc.
Str. u. Fl.

SOLO
I
II
sf p
p
K
p dolce
dimin.
smorz.
pp

Allegro
SOLO
leggiero
Str.
I
II
A
TUTTI
Viol.
B
SOLO
Klar.
dimin.
tr
Hr. u. Fag.

I
II
Klar. u. Fag.
C
Str.
D
TUTTI

E
II
Klar. u. Hr.
Fag.
Str.
Fl.
TUTTI
SOLO
F
I

I
II
mf
tr
p
cresc.
G
f
dim.
Klar. u. Fag.
Hr.
Fl.
Str.

I
II
mf
Bl.
p
H
cresc.
H
f

I
II
f
dim.
p dolce
I
Klar. u. Fag.
sf
sf
Fl.
mf

I
II
p
tr
K
cresc.
Str.
mf

I
II
f
Bl.
L
Str.
ff
tr
p
Hr.
poco rit.

M a tempo
I
II
M
Str.
a tempo
N
Bl. TUTTI
N
O
O Bl.
Str.

SOLO
Fl.u. Klar.
Str.
13
Kadenz von
J. N. Hummel.

Andantino cantabile.
TUTTI
Bl.
II
SOLO
I
II
Str.
Hr.
P
I
II
Klar.
Fag.
Hr.
SOLO
I
cresc.
II
Str.

I
II
Q
p
pizz.
Hr.
Bl.
Str.
arco
cresc.

Kadenz von J. N. Hummel.
più cresc. ed accel.
I
II
calando e ritard.
Tempo I.
Tempo I.
Str.

R
I
II
TUTTI
Fag.
Str.
Fl.
SOLO
cresc.

S
I
cresc.
mf
S
Str.
Klar.
II
Fl.
Hr.u.Fag.
cresc.
Str.
f

T
I
II
sf p
dimin.
p dolce
U
Hr. u. Fag.
Fl. u. Klar.
Klar.
Fag.
sf
p

I
II
sf
p
I
p
II
V
cresc.
f
V
Str.
I
II
mf
Hr.u.Fag.
I
II

*) Von hier als Einleitung zum Thema mit zu spielen.

*) *To be played from here with the rest as introduction to the theme.*

*) Jouer d'ici cette partie avec le reste comme introduction au thème.

I
II
mf
dimin.
Hr. u. Fag.
p
Klar.
Klar.
Klar.
Fl. u. Klar.

X
I
p
X
Fl. u. Hr.
II
Str.
I
TUTTI
II
f
Y
SOLO
I
p
Y
Klar. u. Hr.
II
p
I
p
4
3
II
Str.
Fag.

I
II
Fl.
Str.
tr
Z
TUTTI
f
SOLO
p dolce
Bl.
p
TUTTI
f